세상의 부정의에 눈물짓는 사람을 위한 책

오늘, 세상의 부정의와 부도덕에 눈물짓는 사람에게

어느 오후 스쳐지나는 바람이 들려주는 이야기

프리드리히 지음

지성과문학

오늘, 세상의 부정의와 부도덕에 눈물짓는 사람에게

어느 오후 스쳐지나는 바람이 들려주는 이야기

세상의 부정의에 눈물짓는 사람을 위한 책

오늘, 세상의 부정의와 부도덕에 눈물짓는 사람에게
어느 오후 스쳐지나는 바람이 들려주는 이야기

프리드리히

지성과문학

✱ 오늘, 세상의 부정의와 부도덕에 눈물짓는 사람에게

오늘, 세상의 부정의와 부도덕에 눈물짓는 사람에게

어느 오후 스쳐지나는 바람이 들려주는 이야기

1. 정의는 누구를 위해 존재하는가

✿ 오래된 거짓말

정의는 선(善)을 통해 모습을 드러낸다.
사람은 정의를 통해 선해질 것이다.

다수를 위한, 때로는 개인을 위한 생각과 행동이 정의이다.
그러나 사람들이 정의를 통해 선해지지는 않는다.
모두 거짓이다.

오늘, 세상의 부정의와 부도덕에 눈물짓는 사람에게

✱ 어느 오후 스쳐지나는 바람이 들려주는 이야기

인간 역사에서 정의란 없다.
대부분, 그럴듯한 사기만 있을 뿐.

정의는 그럴듯한 명분과 철학으로 위장하려는 [권력 도구]일 뿐이다.
적어도 지금까지의 인간 역사에서는 대부분 그렇다.

하루아침에 권력의 이익에 따라 정의는 무너져 내린다.
그러나 권력의 하녀로서 정의는 그 생명력이 매우 강하다.
이제 정의는 권력을 제어하는 [권력의 제왕]이 되었다.
정의는 권력에 야욕이 있는 자를 조종하는 최고의 권력자로서 계승되고 있다.
지금까지 인간 역사 속 정의를 진짜 정의라 한다면, 우리는 정의로워서는 안 된다.
너무 이기적이기 때문이다.
정의를 말하는 자는 신뢰하기 어렵다.

우리 인간이 정의를 말하는 것은 어울리지 않는다.
신이 들으면 웃을 일이다.

오늘, 세상의 부정의와 부도덕에 눈물짓는 사람에게

1. 정의는 누구를 위해 존재하는가

정의가 나를 위해 존재한다면 그것은 이미 정의가 아니다.
정의는 본래 내 것이 아닌 법.
이처럼 정의는 누구의 것도 아닌
교활한 악마의 장난감.
정의를 내 편으로 만들려면 악마와 손잡을 수밖에.

오늘, 세상의 부정의와 부도덕에 눈물짓는 사람에게

인간의 정의, 신이 들으면 웃을 일이다.

2. 정의는 무엇을 할 수 있는가

✱ 오래된 거짓말

정의는 올바른 선택을 하도록 우리를 인도할 것이다.
그 선택은 나를 포함한 다수에게 이익이 될 것이다.

우리가 그럴 능력이 있는 줄 알았다.
정의는 신의 것이지 인간의 것이 아니다.
오래된 거짓과 오만이었다.

오늘, 세상의 부정의와 부도덕에 눈물짓는 사람에게

✽ 어느 오후 스쳐지나는 바람이 들려주는 이야기

우리가 정의롭다는 것은 오만이다.
우리는 자신의 이익 이외에
타자의 이익을 염두에 둘 수 있을 만큼 도덕적이지 않다.

우리는 어찌하다 정의를 겨우 알 수는 있겠지만
그것을 행동으로 옮길 수 있는 능력도 용기도 없다.

정의는 목적대로 다수의 이익을 위한 지식을 우리에게 알려 주었지만
우리 삶을 향상시키는 데는 실패했다.
그것을 행동으로 연결해 주는 결정적 [의지]가 정립되어 있지 않아서
실제로 아무 소용이 없었기 때문이다.
정의는 [의지]의 문제이다.
이는 우리 소중한 지식과 철학이
삶에 이익을 주지 못하고 무력해지는 이유와 동일하다.

정의는 무력하기는 하지만 우리에게 멈칫하도록 한다.
그것만으로도 다행인지 모른다.

오늘, 세상의 부정의와 부도덕에 눈물짓는 사람에게

2. 정의는 무엇을 할 수 있는가

인간은 원래 정의롭지 않다.
정의롭지 않은 자가 정의의 덕을 보려 하는가.
이는 날지도 못하면서 절벽에서 뛰어내리는 것.
솔직하게 정의가 아닌 '내 이익에 맞지 않는다' 말하라.
정의는 아무것도 해주지 않는다.
내 이익을 확실히 손에 쥘 만큼 힘이 있지 않은 한.

오늘, 세상의 부정의와 부도덕에 눈물짓는 사람에게

usłyszał wiele lat temu, kiedy wracał z domu do szkoły
era Dedalusa, wtedy gdy dostał swój angielski ... ...
...ości i ta melodia zapadła mu głęboko w pamięć.
Wszystko w porządku, chłopcze? – spytała go Rossella
otrząsnął się ze swoich wspomnień. Dopiero teraz
..., że pozytywka przestała już grać, a Julia i Calder
...ają mu się.

...rozpaloną, oczy mu błyszczały jak zawsze ...
...o swoim ojcu.

...stko w porządku? – Julia wzięła go za rękę.
...twierdził rudzielec, wskazując na pozytyw...
...Rozpoznałem tę melodię.

..., że to cud – stwierdził Albert Caller
...raz na podłodze. – Nie wiedziałbym, od cz...
wiaj... cząć poszukiwania. Nie jest łatwo znaleźć człowie...
wielkim mieście jak Wenecja, i mając z tak znikom...
macje.

– Próbowaliście już rozmawiać z rzemieślnika...
zegarmistrzów? – spytała Rossella.

– Tak, ale wygląda na to, że nikt z nich nie...

– Jesteście pewni, że ten Peter nie uż...
czy czegoś w tym rodzaju? – zasugerował Al...

– Istotnie, mógłby używać innego nazwi...
kojniejszym...

모두, 타인의 부정의를 비난하지만, 자신이 정의로울 생각은 별로 없다.

3. 우리는 정말로 정의롭게 될 수 있는가

✱ 오래된 거짓말

존재 [나]는 정의의 주체이다.
정의를 타자에게 맡길 수는 없다.

그런데 머릿속에는 정의와 반(反)정의가 싸우고 있어
정의의 편에 설지, 반정의 편에 설지 항상 계산한다.
안타까운 거짓이다.

오늘, 세상의 부정의와 부도덕에 눈물짓는 사람에게

✳ 어느 오후 스쳐지나는 바람이 들려주는 이야기

정의는 권력을 얻은 자에게만 이용되는 도구가 아니다.
평범한 우리 모두에게도 자신의 행동과 삶을 자랑스럽게 보이기 위한
그럴듯한 가면의 역할을 충실히 수행한다.
정의는 우리 행동을 인도하는 것이 아니라
우리 행동을 변명하고 설득하는 도구이다.
정의는 결국 우리 인간이 만들어낸 최고의 걸작이자 괴물이다.

한 번, 정의롭게 행동했다고
우리가 정의로운 자는 아니라는 것을 아는데
그렇게 오래 걸리지 않는다.

다른 경우에, 우리는 너무도 쉽게 정의를 내버린다.
사정이 달라지면 얼굴빛을 바꾸는 위선자와 크게 다를 바 없다.
우리는 쉽게 정의로운 자가 될 수 없다.

정의는 자신이 정의롭게 되는 데 사용되는 것이 아니라
타자가 정의로운지를 감시하는 데 주로 사용된다.

오늘, 세상의 부정의와 부도덕에 눈물짓는 사람에게

정의는 자신의 이익을 지키기 위해
타인을 감시하는 도구일 뿐이다.
큰 힘이 있는데도 주변에 아무도 없는데도
정의로운 자가 있다면
즉시 그에게 삼배하고 스승으로 삼아라.

오늘, 세상의 부정의와 부도덕에 눈물짓는 사람에게

한 번, 정의롭게 행동했다고 정의로운 것은 아니다.

4. 정의란 무엇인가

✽ 오래된 거짓말

정의란 [이익 분배] 또는 [인간 발전]을 위한 정당한 의지이며 수단이다.
둘 모두를 만족하게 할 수는 없지만, 적어도 둘 중 하나는 목적으로 한다.

정의에 대해 아무도 대답해 주지 않았다.
그들도 잘 모르기 때문이다.
정확히는 모른 척하는 것이 편리하기 때문이다.
잘 눈치채기 어려운 위선이다.

오늘, 세상의 부정의와 부도덕에 눈물짓는 사람에게

23

✻ 어느 오후 스쳐지나는 바람이 들려주는 이야기

정의에 대하여 어느 것도 대답할 수 없다. 필요에 따라 변해야 하기 때문이다.
약자를 위한 분배를 주장하며, 자신을 드러내려는 자에게는 '이익 분배'의 논리를,
불평등적 보상을 주장하는 자에게는 '인간 발전'의 논리를 선물한다.
정의는 악마와 같아서 그 모습을 변화하면서 생존해간다.
그런데 우리가 자신과 다른 정의를 살해하려고 시도하면
우리 편이었던 정의가 배신한다.
상반되는 정의, 둘은 친구로서 균형을 이루고 싶어 하기 때문이다.
어쩌면 이것이 정의의 가장 긍정적인 면일지도 모른다.

정의란, 다수가 자신의 이익을 위해 살아가는 복잡한 삶 속에서
다수 가치 다양성의 균형을 잡아주는 것이다.

정의는 서로 감시해 삶이 더욱 나빠지는 것을 방지하는 역할만큼은 충실히 수행한다.
의미는 그것뿐이다. 크지도 작지도 않은 역할이다.

정의에 대해서는 다소 모른 척해야 한다.
너무 아는 척하면 다수가 반발한다.

오늘, 세상의 부정의와 부도덕에 눈물짓는 사람에게

정의는 어느 한 사람의 이익이 지나치지 않도록 제어하는 것이다.
내가 타인의 정의, 다수의 정의를 위해 일한다 해도
그것이 그들의 이익을 지나치게 편든다면
곧, 그곳에 악취가 날 것이다.
누군가 부정의라고 눈물짓는 동안
그것을 정의라고 웃음짓는 자 또한 있을 것이다.

오늘, 세상의 부정의와 부도덕에 눈물짓는 사람에게

정의에 대해서는 다소 모른 척해야 한다. 너무 아는 척하면 다수가 반발한다.

5. 정의는 항상 우리 편인가

✻ 오래된 거짓말

정의는 불변하는 최고의 가치 중 하나이다.
불평등을 해소하는 중요한 정신 활동이기 때문이다.

그러나 인간 역사의 시계가 수없이 돌아도
불평등은 크게 해소되지 않았다.
거짓이었다.

오늘, 세상의 부정의와 부도덕에 눈물짓는 사람에게

5. 정의는 항상 우리 편인가

✱ 어느 오후 스쳐지나는 바람이 들려주는 이야기

정의를 계속 파괴해 온 것은 바로 우리 인간이다.
뛰어난 인간은 평등을 원치 않기 때문이다.
약자는 평등을 원하지만, 강자는 그렇지 않다.
이는 우리가 어찌할 수 없는 동물적 특성이다.

정의의 유효 기간은 그렇게 길지 않다.
보통, 자신이 약자의 위치에 있을 때로 제한된다.

문제는 항상 이기심이다.
우리가 정의롭지 못한 첫 번째 이유이다.

동일한 정의가 어떤 때는 우리 편이고 어떤 때는 적이다.
누구나 불리해 지면 슬며시 다른 정의를 끌어들인다.

오늘, 세상의 부정의와 부도덕에 눈물짓는 사람에게

5. 정의는 항상 우리 편인가

강자의 편일 때도 있고 약자의 편일 때도 있으며
다수의 편일 때도 있지만 소수의 편일 때도 있으며
선한 자의 편일 때도 있고 악한 자의 편일 때도 있으며
지혜로운 자의 편일 수도 있지만 어리석은 자의 편일 수도 있다.
정의는 누구도 편들지 않는다.

오늘, 세상의 부정의와 부도덕에 눈물짓는 사람에게

정의의 유효 기간은 보통, 자신이 약자의 위치에 있을 때 뿐이다.

6. 정의는 악인가 선인가

�֍ 오래된 거짓말

정의는 분명, 악과 맞서는 선의 편이다.

그렇다고 그가 악을 심판할 수 있는 것은 아니다.
오랫동안 정의의 역사가 흐르면서 세상은 선으로 가득해야 했지만
인간 역사 이래, 선과 악의 균형이 깨진 적은 없다.
오래된 거짓이다.

오늘, 세상의 부정의와 부도덕에 눈물짓는 사람에게

✻ 어느 오후 스쳐지나는 바람이 들려주는 이야기

정의의 악령은, 더 큰 희생을 방지하고, 더 편안한 미래를 위해,
누군가의 희생을 감수해야 한다는 논리를 펼 때마다 비밀스럽게 나타난다.
정의의 악령은 일어나지도 않을 일을 핑계로, 악을 정당화한다.

반복되는 악의 정당화로, 우리는 선과 악을 구분할 능력조차 상실했다.
이에는 어떤 변명도 통하지 않는다. 모든 것이 우리 모두의 탓이다.

악이 선으로 위장되고, 선이 악으로 호도되어
무엇을 어떻게 판단해야 할지 알 수 없게 되었다.
누군가 선악을 다시 결정하기까지
지금 우리 정의는 선악과 관계없는 것으로 생각하면 된다.
우리가 정의롭지 못한 두 번째 이유이다.

정의는 원래 선이었는데
선을 위해 악을 행하다 악이 되어 버렸다.

오늘, 세상의 부정의와 부도덕에 눈물짓는 사람에게

6. 정의는 악인가 선인가

정의의 선악을 결정하기 전에
무엇이 선이고 무엇이 악인지 알아야 하는데
선악이 오염되어 구분되지 않는다.
부정의에 눈물짓는 내가 악인일 수도 있다.

오늘, 세상의 부정의와 부도덕에 눈물짓는 사람에게

정의는 원래 선이었는데 선을 위해 악을 행하다 악이 되어 버렸다.

7. 정의와 법 중 어느 것이 우선인가

✱ 오래된 거짓말

법은 모두에게 올바른 것, 정의를 기초로 구성된다.
법은 정의의 파괴를 막기 위해, 최소한 지켜야 하는 강제적 약속이다.

그런데 법은 정의에 위배되는 경우가 너무 많다.
누군가는 변명하겠지만, 분명한 거짓이다.

오늘, 세상의 부정의와 부도덕에 눈물짓는 사람에게

❋ 어느 오후 스쳐지나는 바람이 들려주는 이야기

법은 정의를 기초로 하는 것이 아니라
개인 또는 소수 집단의 이익을 기초로 구성된다.
이는 정의에 정면으로 위배되는 일이다.
하지만 이에 반발하면 정의에 앞서, 법에 정복당한다.

우리는 법으로부터 보호받으려 하기보다는
법으로부터 가능한 한 멀리 도망가야 하는 형편이다.

비겁하지만 어쩔 수 없다.
이는 너무 많은 예가 있어, 이야기할 필요조차 없다.
굉장한 강심장이거나 원한 맺힌 자가 아니라면
오염된 법에 타협할 수밖에 없다.
우리가 정의롭지 못한 세 번째 이유이다.

헌법과 유명한 몇 개 법은 정의를 보장한다.
그러나 우리가 실제 부딪히는 법은 그런 법이 아니다.

오늘, 세상의 부정의와 부도덕에 눈물짓는 사람에게

사람들을 쇠사슬로 묶는 것은 정의가 아니라 법이다.
정의를 우선하고 싶지만 그럴 수 없는 이유이다.
법은 정의가 아닌 사람을 위한 것이다.
그런데 사람은 정의롭지 않기 때문에 법은 정의와 관련이 없다.
사실, 사람들이 눈물짓는 이유는 법에 굴복한 정의때문이다.

오늘, 세상의 부정의와 부도덕에 눈물짓는 사람에게

우리는 법에서 가능한 멀리 도망가야 하는 형편이다.

8. 정의는 아직 살아 있는가

✱ 오래된 거짓말

정의는 다수의 이익을 위해 조금씩 변화해 가겠지만
그래도 우리 약자 곁에는 계속 존재할 것이다.

사람들은 아직 정의는 세상 여기저기 남아 있어
약자의 이익을 위해 자신의 역할을 할 것으로 생각한다.
착각이다.

오늘, 세상의 부정의와 부도덕에 눈물짓는 사람에게

� 어느 오후 스쳐지나는 바람이 들려주는 이야기

아무도 약자를 대변해 주지 않는다.
어느 철학자의 예지처럼 우리에게 남은 것은 이제 투쟁밖에 없다.
물론, 그렇게 믿고 싶지는 않다. 다른 방법이 있을 것이다.

정의는 이미 죽었다. 그러나 부활할 것이다.
어느 작은 골목, 소년의 맑은 눈동자 속에서
다시 생명을 시작할 것이다.

정의가 약자의 편을 떠나 버렸다.
힘 있는 자의 옆에서 약자를 비웃고 있다.
우리가 지금 정의롭지 못한 네 번째 이유이다.

고양이 목에 방울을 달아야 할 텐데 도무지 용기 있는 자가 없다.
그리고 용기 있는 자, 몇으로 될 일도 아니다.

오늘, 세상의 부정의와 부도덕에 눈물짓는 사람에게

8. 정의는 아직 살아 있는가

정의는 아직 살아 있다.
하지만 살아 있을 뿐이다.
가만히 있으면 정의는 움직이지 않는다.
그가 살아 움직이도록 하는 치밀한 지략과 용기가 필요하다.

오늘, 세상의 부정의와 부도덕에 눈물짓는 사람에게

정의는 이미 약자의 편을 떠나 버렸다.

9. 정의는 변명될 수 있는가

✳ 오래된 거짓말

정의는 지금 우리 세계, 선을 위한 정신적 동인(動因)으로 작용한다.
문제가 없는 것은 아니지만, 누구도 이것을 부정하기는 어렵다.

하지만 쉽게 긍정하기 또한 어렵다.
아무리 생각해도 정의의 역사는 너무 많은 파괴를 동반했다.
아무리 정의를 위해 변명해도, 긍정은 위선이다.

오늘, 세상의 부정의와 부도덕에 눈물짓는 사람에게

✸ 어느 오후 스쳐지나는 바람이 들려주는 이야기

정의가 아무리 변명해도
정의의 탈을 쓰고 저지른 악행들이 정당화되지는 않는다.
정의롭지 않은 자들이 정의를 주장해 왔다.
정의를 위한 변명을 한다면, 오히려 정의를 더 난처하게 할 뿐이다.
제대로 된 변명은 불가능하다.

지금은 정의의 편이 되기보다는 정의의 적대자 편에서
악취 나는 정의를 완벽히 죽음으로 몰아가는 것이 최선이다.

정의의 부활을 다시 꿈꾼다.
오래지 않아 위대한 [그]가 나타날 것이다.
우리가 지금 정의롭지 못한 다섯 번째 이유이다.

불한당도 용서받으려면 한참이 걸린다.
정의는 말할 것도 없다.
지금 우리 정의는 극형이 최선이다.

오늘, 세상의 부정의와 부도덕에 눈물짓는 사람에게

정의는 아무리 변명해도
눈물 흘려줄 가치를 갖지 못한다.
불한당을 위해 눈물짓지 말고
그를 응징하라.
정의는 그 눈물에 비열한 미소를 띨 것이다.

오늘, 세상의 부정의와 부도덕에 눈물짓는 사람에게

정의에서 악취가 나는 이유는 정의롭지 않은 자들이 정의를 주장해 왔기 때문이다.

10. 누가 게으른 정의를 깨우겠는가

✱ 오래된 거짓말

정의는 끊임없이 삶에 작용한다.
그의 휴식은 곧 세상의 파멸이다.

지금 우리 삶에서 정의는 대부분 휴식한다.
그래도 세상은 별일 없다.
삶에 미치는 정의의 과장된 작용은 거짓이다.

오늘, 세상의 부정의와 부도덕에 눈물짓는 사람에게

✳ 어느 오후 스쳐지나는 바람이 들려주는 이야기

세상을 유지하게 하는 가치는 충분히 많다.
 도덕, 윤리, 선, 양심, 배려, 덕, 용기.
이들 모두 정의의 역할을 대부분 유사하게 수행한다.
정의 하나쯤 없다고 세상은 별 탈 없다.
하지만 개인적 미덕에만 의지해서는
오랫동안, 악한 자들에 대항하기는 역부족이다.

잠들어 있는 정의를 깨울 지식인을 기다린다.
오래 걸리지는 않을 것이다. 항상 그래 왔다.

그를 깨우기 위해, 잠깐 휴식하면서
우리 모두에게 필요한 정의가 무엇인지 처음부터 다시 생각하는 것이 좋다.
소수를 위한 정의를 인지하고 파괴할 수 있는 자가 잠자는 정의를 깨울 것이다.

소수만 만족하더라도 불만족인 대다수 중
'참을만하다고 생각하는 다수'를 움직이면 무엇이든 가능하다.

오늘, 세상의 부정의와 부도덕에 눈물짓는 사람에게

정의를 깨울 수 있는 자는
힘 있는 정치인도, 돈 있는 부자도,
인기 있는 유명인도, 신을 믿는 종교인도 아니다.
그것은 맑고 순수하게 세상을 바라보는
욕심 없는 지성만이 가능한 일이다.

오늘, 세상의 부정의와 부도덕에 눈물짓는 사람에게

우리는 잠들어 있는 정의를 깨울 지식인을 기다린다.

11. 도덕이 우리에게 어떤 도움이 되는가

✴ 오래된 거짓말

도덕은 우리 삶을 평화롭게 해 줄 것이다.
그마저 없다면 세상은 너무 냉혹하다.

친절, 예의 바름, 정직. 도덕적인 것들은
우리 모두를 편안하게 해줄 것으로 기대했다.
그러나 오랜 시간이 지나도, 우리 삶은 역시 아무런 변화가 없다.
정의처럼, 도덕도 무력하다.
거짓이다.

오늘, 세상의 부정의와 부도덕에 눈물짓는 사람에게

✱ 어느 오후 스쳐지나는 바람이 들려주는 이야기

도덕은 우리를 평화롭게 해 주는 것이 아니라
평화로울 때 비로소, 도덕을 생각한다.
도덕은 평화로울 때의 소일거리를 줄 뿐이다.
지금 우리의 도덕은 자신의 평화를 지키기 위해
[타자로부터 받고 싶은 대우에 대한 희망]을 정리한 내용이다.

도덕의 제 1 역할은 사람들의 행동을 제한하고
모두를 겁쟁이로 만드는 것이다.

이는 누군가 일부에게만 오랫동안 큰 도움을 주어 왔다.
도덕이 우리에게 실질적 도움이 되기 위해서는
세상 속, 우리 모두가 도덕적이어야 한다.
그러나 이는 사람이 자의적으로 할 수 있는 일이 아니다.
우리가 도덕적이지 않은 첫 번째 이유이다.

착하고 고분고분한 사람은 악한 자에게 여러모로 중요하고 쓸모가 있다.

오늘, 세상의 부정의와 부도덕에 눈물짓는 사람에게

도덕은 한가한 선비의 학문이다.
도덕에게 도움을 받을 정도로 우리 삶은 한가하지 않다.
반대로 도덕의 도움을 받을 수 있을 정도의
한가로운 세상을 조용히 기다린다.

오늘, 세상의 부정의와 부도덕에 눈물짓는 사람에게

도덕의 제 1 역할은 모두를 겁쟁이로 만드는 것이다.

12. 우리는 도덕적인가, 어리석은가

✱ 오래된 거짓말

도덕은 우리를 선하게 만든다.
도덕 속에서 이상향을 꿈꾼다.

어릴 때부터의 교육은 그것을 가능하게 할 것으로 생각했다.
그러나 아무리 찾아도, 큰 바위 얼굴처럼
선한 사람은 쉽게 눈에 띄지 않는다.
도덕적 인간이 많지 않아, 모든 것이 틀어졌다.
오래된 거짓이었다.

오늘, 세상의 부정의와 부도덕에 눈물짓는 사람에게

✻ 어느 오후 스쳐지나는 바람이 들려주는 이야기

도덕은 의도적으로 사람을 조금 어리석게 만든다.
우리는 진리를 탐구해야 할 시간에 착하게 되는 법을 먼저 공부한다.
선하지만 진리를 알지 못하면, 다름 아닌 어리석음이다.

교육은 진리가 아닌, 도덕적 삶을 강요했으며
진한 향수 냄새 가득한 형식주의로 빠뜨렸다.

도덕은 내면적 선이 아니라, 오히려 외면적 형식미를 담당했다.
우리가 실제로 도덕적이지 못한 두 번째 이유이다.

멋진 갑옷만으로는 싸움에서 이길 수 없다.
칼과 창도 있어야 한다.

오늘, 세상의 부정의와 부도덕에 눈물짓는 사람에게

도덕의 유약함과 사악함을 충분히 인지하지 못하면
곧, 어리석음에 떨어질 것이다.
어리석음에서 벗어나려고 노력하지 않으면
눈물 흘릴 자격이 별로 없다.

오늘, 세상의 부정의와 부도덕에 눈물짓는 사람에게

멋진 갑옷만으로는 싸움에서 이길 수 없다. 칼과 창도 있어야 한다.

13. 우리는 도덕을 지켜야 하는가

✳ 오래된 거짓말

도덕은 정해진 규범을 지켜나가는 것이다.
간단하고 어렵지도 않다. 단지 지키면 된다.

그러나 인간 탐욕은 도덕을 이용하기 시작했다.
지켜야 할 덕목들이 계속 증가했다.
그것을 지키는데 인생 모두가 걸릴 것이다.
거짓이다.

오늘, 세상의 부정의와 부도덕에 눈물짓는 사람에게

✱ 어느 오후 스쳐지나는 바람이 들려주는 이야기

지켜야 할 도덕 항목이 너무 많다.
자신만의 도덕, 두셋 정도면 충분하다.

이것만은 지켜나갈 자신만의 독창적 규범,
자신에 맞는 단순 도덕의 개별적 창조가 필요하다.

공맹(孔孟)의 오래된 도덕을 읽고, 그들의 생각을 모방하지 않는 것이 좋다.
그러기에는 너무 많은 것이 변했다.
자신의 도덕을 창조하려면 물론 젊음 대부분 시간이 필요하다.
서두를 것 없다.
며칠 독서와 생각으로 만들어낸 것이라면, 그런 것은 없는 편이 낫다.
우리는 잘살기 위해 해야 할 일이 너무 많아
자신의 도덕을 만들 시간이 없다.
우리가 도덕적이 되기 어려운 세 번째 이유이다.

우리가 지켜야 할 것은 [모두를 위해서]라는 명분이다.
맞는 것도 있지만 그렇지 않은 것도 많다.

오늘, 세상의 부정의와 부도덕에 눈물짓는 사람에게

자신의 생명과 재산을 위협한다면 무엇이든 그 대항을 허용하는 자연법을
힘 있는 자들이 좋아할 리 없다.
자연법은 힘 있는 자들의 이익과 부합하지 않는다.
적지 않게 도덕은 자연법을 거스른다.
이 같은 도덕은 없는 편이 낫다.
분노할 일이지 눈물지을 일이 아니다.

오늘, 세상의 부정의와 부도덕에 눈물짓는 사람에게

자신의 철학이 며칠 독서와 생각으로 만들어낸 것이라면, 그런 것은 없는 편이 낫다.

14. 우리는 도덕적으로 성숙할 수 있는가

✱ 오래된 거짓말

우리는 도덕의 실체를 쉽게 알 수 없다.
그러나 어느 날 오후, 깨달을 수 있을 것이다.

물론 우리도 충분히 알 수 있다. 그러나 그곳에 눈을 돌릴 틈이 없다.
우리에게는 더 중요해 보이는 것들로 눈코입귀가 가득하기 때문이다.
우리의 자신감은 착각이다.

오늘, 세상의 부정의와 부도덕에 눈물짓는 사람에게

✱ 어느 오후 스쳐지나는 바람이 들려주는 이야기

도덕을 실제 행하려면 그 방법을 알아야 한다.
그러나 그 방법까지 공자 철학이 알려 주지는 않았다.
사람마다 그리고 상황마다 다르기 때문이다.
어린아이가 걷는 것을 배우듯이 하나하나 삶에서 알아갈 수밖에 없다.
젊음이 아름답지만, 도덕적 향기까지 갖기 어려운 이유이다.

도덕적 성숙은 갑자기 찾아오는 것이 아니다.
하루하루 행하는 모든 것이 모여,
얼굴과 몸짓에 나타나는 상태이다.

오랜 시간 속, 성숙함의 차이가 그 모습을 다르게 한다.
이를 모르면, 행함 없는 풋내기 오만에 빠지기 쉽다.
도덕적 성숙을 쉽게 얻기 어려운 네 번째 이유이다.

하루아침에 깨달은 자의 특징은 그것이 하루밖에 가지 않는다는 것이다.
오랜 철학자들과 겉보기에도 다른 이유이다.

오늘, 세상의 부정의와 부도덕에 눈물짓는 사람에게

자신이 정신적으로 그리고 도덕적으로 성숙해 있다고 믿고 있는 사람은
마치 달이 정말로 모양이 변하는 줄 알고 있는 아이처럼 천진한 자이다.
아이라면 천진한 것이지만, 어른이라면 어리석은 것이다.
조소할 일이지 눈물지을 일이 아니다.

오늘, 세상의 부정의와 부도덕에 눈물짓는 사람에게

하루아침에 깨달은 철학의 특징은 그것이 하루밖에 가지 않는다는 것이다.

15. 뛰어난 자들은 왜 도덕적이지 않은가

✻ 오래된 거짓말

도덕은 뛰어난 자에게 덕망을 줄 것이고
그들은 우리를 풍요롭게 할 것이다.

그러나 도덕적 인간은 잘 보이지 않고, 뛰어난 자들은 도덕과 거리가 멀다.
어느새 도덕적 인간이 아닌, 머리 좋은 자가 우리 집단을 지배한다.
도덕 철학자의 거짓말이다.

오늘, 세상의 부정의와 부도덕에 눈물짓는 사람에게

✽ 어느 오후 스쳐지나는 바람이 들려주는 이야기

우리에게 필요한 것은 도덕이 아니라 도덕적 인간이다.
도덕적 인간은 지도자가 되지 못하고 평범하도록 길들여진다.
지금 우리의 도덕적 인간이라면 그럴 수밖에 없다.
도덕적 인간이 눈에 잘 띄지 않는 이유이다.

보통, 머리가 뛰어나고, 일찍 성공한 자는
도덕을 배울 필요도 없고, 시간도 부족했던 도덕적 풋내기인 경우가 많다.
이를 경계하고 조심해야 한다.

도덕적 인간이 지도자가 되도록 하기 위해서는
교육 과정 대부분을 전복시켜야 할 것 같다.
우리가 도덕적이지 못한 다섯 번째 이유이다.

모두를 갖춘 자는 없다.
하지만, 지능과 기억력만으로 평가되지 않는 세상을 기다린다.

오늘, 세상의 부정의와 부도덕에 눈물짓는 사람에게

뛰어난 자에게 도덕은 별로 득이 되지 않는다.
그는 바쁜 척해야 해서 한가로이 도덕을 익힐 시간도 없다.
게다가 사람들이 떠받드니 무엇이 잘못인지도 모른다.
측은해해야 할 일이지 눈물지을 일은 아니다.

오늘, 세상의 부정의와 부도덕에 눈물짓는 사람에게

지능과 기억력만으로 평가되지 않는 세상을 기다린다.

16. 도덕적 심성은 어떻게 탄생하는가

� 오래된 거짓말

선과 악은 그의 본성으로 타고나는 것이다.
이는 피할 수 없는 운명이다.

하지만 하늘에 의해 선악이 결정된다고 믿기에는
우리는 너무나 지적이다.
분명한 거짓이다.

오늘, 세상의 부정의와 부도덕에 눈물짓는 사람에게

✳ 어느 오후 스쳐지나는 바람이 들려주는 이야기

우리는 모두 선과 악, 양면을 모두 가지고 태어난다.
그리고 선함은 교육과 노력으로 결정된다.
아름다운 곡을 연주하기 위해 해야 하는 정도의
반복된 연습과 노력 없이는 선함을 손에 쥘 수 없다.

선함은 연습과 노력으로 탄생한다.
이에 대한 교육과 평가를 정규화하고
어떤 교과보다 높은 가치를 부여해야 한다.

따뜻하고 남을 배려하는 착한 심성은 많은 부분, 어린 시절 결정된다.
선함을 점수화하는 어처구니없음을 벗어나기 위해서
이를 위한 전문 교육철학자 다수가 필요하다.
우리가 도덕적이지 못한 여섯 번째 이유이다.

선함은 마음이다.
이를 불러일으키고 또 평가하는 것은 아무나 할 수 있는 일이 아니다.

오늘, 세상의 부정의와 부도덕에 눈물짓는 사람에게

악한 자들은 보통 이기적이고 나태한 자들이다.
자기에게 도움이 안 되는 일에는 절대 연습과 노력을 하지 않기 때문이다.
한심해할 일이지 눈물지을 일이 아니다.

오늘, 세상의 부정의와 부도덕에 눈물짓는 사람에게

선함은 연습과 노력으로 탄생한다.

17. 우리는 누구에게 도덕을 배우는가

✳ 오래된 거짓말

도덕은 위대한 사상과 철학을 통해
교육자들이 훈육하는 것이다.

우리 교육자들이 위대한 사상과 철학을
현대 사회에 맞게 재해석하여 교육할 수 있겠는가?
우리 모두, 무언가 잘못되어 가고 있다는 것을 알고 있다.
착각이다.

오늘, 세상의 부정의와 부도덕에 눈물짓는 사람에게

✽ 어느 오후 스쳐지나는 바람이 들려주는 이야기

우리는 오랫동안
도덕과 철학을 방치했다.

충분히 준비되지 않은 자에게 미래를 맡길 수는 없다.
이는 생각할수록 있을 수 없는 일이다.

도덕 교육은 특히 신중하게 고려하여
선별되고 오랫동안 교육받은 전문 교육철학자가 담당해야 한다.
문명이 주는 성과와 이익에 눈이 멀어, 우리는 이성을 잃고 있다.
교육 과정에서 수학, 영어 교육 시간이 도덕, 철학 시간보다 길다.
우리가 도덕적이지 못한 일곱 번째 이유이다.

오래된 철학으로 현재를 교육한다?
위대한 철학 책도 오래 묵으면 쾌쾌한 냄새가 난다.
매일 닦아 주지 않으면 안 된다.

오늘, 세상의 부정의와 부도덕에 눈물짓는 사람에게

우리가 도덕을 배우지 못하는 것은
도덕을 가르칠 만한 교육자가 거의 없기 때문이다.
그들이 설 곳이 없으니 이는 당연한 일이다.
도덕 교육자를 가르치고 양성할 만한 사람도 교육 기관도 없다.
부도덕에 눈물짓지 않으려면 오랜 시간의 노력이 필요하다.

오늘, 세상의 부정의와 부도덕에 눈물짓는 사람에게

위대한 책도 오래 묵으면 쾌쾌한 냄새가 나는 법이다.

18. 우리에게 도덕을 가르칠 수 있는 자가 있는가

✻ 오래된 거짓말

교육을 통해 도덕적 인간으로 가르치는 것은 불가능하다.
그것을 확인할 수 없기 때문이다.
우선은 도덕적 교훈을 교육할 수밖에 없다.
나머지는 본인 몫이다.

단순히 뛰어난 교육자가 도덕을 가르칠 수 있는 것은 아니다.
암기 능력이 뛰어난 우등생이 더 도덕적이지도 않다.
착각이고 오류이다.

오늘, 세상의 부정의와 부도덕에 눈물짓는 사람에게

✳ 어느 오후 스쳐지나는 바람이 들려주는 이야기

우리에게 도덕을 가르칠 수 있는 자들이 거의 없다.
절망적 수준이다.

다른 사람을 가르치는 것은
자기 인생 대부분, 그것을 공부하고
그것을 생의 목표로 생각한 자만 가능한 일이다.

그렇지 않으면 아무도 진심으로 받아들이지 않는다.
이는 당연하고 부정할 수 없는 사실이다.
도덕을 교육할 수 있는 자를 양성시킬 전문 철학자는 물론
그것을 가르치는 곳도 눈에 띄지 않는다.
이는 우리 모두의 책임이다.
우리가 도덕적이지 못한 여덟 번째 이유이다.

도덕을 가르치라고 했더니 암기력만 가르친다.
시험이 끝나면 잊힐 것이다.

오늘, 세상의 부정의와 부도덕에 눈물짓는 사람에게

아무리 교육자라 하더라도
다른 사람을 함부로 가르치려 해서는 안 된다.
도덕은 지식과 달리 사람의 영혼을 건드려야 하기 때문이다.
영혼을 변화시킬 수 있으려면
영혼을 가르칠 수 있는 자격이 있어야 한다.
누가 도덕을 가르칠 수 있겠는가?

오늘, 세상의 부정의와 부도덕에 눈물짓는 사람에게

도덕을 가르치라고 했더니 암기력만 가르친다. 시험이 끝나면 잊힐 것이다.

19. 도덕을 가르치는가, 성공을 가르치는가

✽ 오래된 거짓말

교육자는 성공하는 방법을 가르친다.
우리는 성공하고 싶고 그래서 그들이 필요하다.

하지만 그들 교육대로 살아도, 우리는 결코 성공할 수 없다.
그들이 가르치는 성공이 거짓이기 때문이다.

오늘, 세상의 부정의와 부도덕에 눈물짓는 사람에게

19. 도덕을 가르치는가, 성공을 가르치는가

✽ 어느 오후 스쳐지나는 바람이 들려주는 이야기

교양으로 몇 학기 배우는 도덕과 철학이
그 기능을 다 할 수 있을 것으로 생각하면 오산이다.

교육자는 자신이 무엇을 가르치던
성공하는 것을 교육하는 것이 아니라
도덕을 가르칠 수 있는 자이어야 한다.

시간이 걸리더라도 실제적 도덕 교육이 필요하다.
우선은 오랫동안 도덕적 삶을 살아온 선한 자를
우리 교육자로서 선발해야 할지도 모른다.
우리가 도덕적이 되려면, 아직 오랜 시간이 필요한 아홉 번째 이유이다.

성공했다고 남들이 축하해 주어도 무언가 석연치 않다.
사실, 성공한 것이 아니기 때문이다.

오늘, 세상의 부정의와 부도덕에 눈물짓는 사람에게

19. 도덕을 가르치는가, 성공을 가르치는가

아무리 큰 성공을 해도 우리는 행복하지 않다.
성공한 어른들이 성공만을 가르치기 때문이다.
진정한 행복은 도덕과 철학에서 드디어 시작한다.

오늘, 세상의 부정의와 부도덕에 눈물짓는 사람에게

진정한 교육자는 도덕을 가르칠 수 있는 자이어야 한다.

20. 도덕 교육은 언제가 좋은가

✿ 오래된 거짓말

도덕은 가능한 한 어리고 젊은 시절에 습득해야 한다.
그것을 기반으로, 생을 만들어가야 하기 때문이다.

그러나 우리가 너무 젊은 시절 배우는 도덕만으로는
아무것도 설명해 주지 못한다.
그것으로 생을 설계하기에는 혼란스럽다.
무언가 오류이다.

오늘, 세상의 부정의와 부도덕에 눈물짓는 사람에게

✽ 어느 오후 스쳐지나는 바람이 들려주는 이야기

삶에서 계속되는 도덕 교육이 없다면, 덕은 조금씩 엷어진다.
우리 기억력이 그다지 좋지 않기 때문이다.
도덕은 삶을 향상시키지는 못한다. 권력에 이용당하기도 쉽다.
하지만 철학이 주는 가장 친근한 선물임은 틀림없다.

도덕 교육은 끊임없이 지속되어야 한다.
노년까지 계속되는 의무 교육이 필요하다.

시간이 흐를수록 모습은 조금씩 변해 가겠지만
끊임없는 공부로, 정신은 그 아름다움을 잊지 말고 유지해야 한다.
우리가 아직 도덕적이지 못한 열 번째 이유이다.

우리 기억력은 며칠을 넘기기 어렵다.
도덕도 깨달음도 마찬가지이다.

오늘, 세상의 부정의와 부도덕에 눈물짓는 사람에게

어리고 젊은 시절 학교에서 배우는 짧은 도덕 철학으로
평생을 살아가려는 생각은 그만 버려야 한다.
그것이 우리를 눈물짓게 할 것이다.
지금, 다시 책을 펼치는 것이 좋다.

오늘, 세상의 부정의와 부도덕에 눈물짓는 사람에게

기억력은 며칠을 넘기기 어렵다. 도덕도 깨달음도 마찬가지.

오늘, 세상의 부정의와 부도덕에 눈물짓는 사람에게
어느 오후 스쳐지나는 바람이 들려주는 이야기

✱ 오늘, 세상의 부정의와 부도덕에 눈물짓는 사람에게

어느 오후 스쳐지나는 바람이 들려주는 이야기

1

오늘, 사랑에 빠져 가슴 설레는 사람에게
어느 오후 스쳐지나는 바람이 들려주는 이야기

1. 사랑의 진정한 가치는 무엇인가 2. 사랑은 열정적이어야 하는가
3. 사랑의 묘약은 어디에 있는가 4. 사랑은 진리를 달성하게 하는가
5. 비밀은 사랑을 깨뜨리는가 6. 사랑은 공유하는 것인가
7. 사랑은 오랫동안 지속될 수 있는가 8. 사랑의 기술은 무엇인가
9. 사랑은 조건이 필요 없는가 10. 사랑은 아름다워야 하는가
11. 사랑은 주는 것인가 12. 사랑은 어떤 향기가 나는가
13. 사랑은 시간과 함께 쇠퇴하는가 14. 사랑을 위한 주의사항은 무엇인가
15. 사랑은 그렇게 즐거운 것인가 16. 사랑의 제 1 규칙은 무엇인가
17. 사랑은 징표를 남기는가 18. 사랑은 편안한 것인가
19. 사랑은 희생을 전제로 하는가 20. 사랑은 감성인가 이성인가

2

오늘, 자신이 자유롭지 못하다고 생각하는 사람에게
어느 오후 스쳐지나는 바람이 들려주는 이야기

1. 우리는 진정으로 자유로울 수 있는가 2. 자유는 투쟁하여 얻을 수 있는 것인가
3. 자유를 위해 필요한 것은 무엇인가 4. 우리는 정말 자유에 도달할 수 있는가
5. 자유로워 지려고 하는 이유는 무엇인가 6. 자유란 무엇인가
7. 자유를 위한 희생양은 누구인가 8. 우리는 자유롭고 또 편안할 수 있는가
9. 자유는 어디까지 해줄 수 있는가 10. 우리는 언제 자유로운가
11. 자유로울 수 있는 조건은 무엇인가 12. 자유로운 시기는 언제인가
13. 우리는 자유에 대하여 무엇을 배우는가 14. 우리는 항상 자유로울 수 있는가
15. 이제, 자유의 억압 시대는 지나갔는가 16. 자유는 무엇을 주는가
17. 자유에 도달하는 비밀의 문은 있는가 18. 우리는 자유를 누릴만한가
19. 자유, 우리가 부끄러워해야 할 것은 무엇인가 20. 우리, 정말 자유를 원하는가

3

오늘, 세상의 부정의와 부도덕에 눈물짓는 사람에게
어느 오후 스쳐지나는 바람이 들려주는 이야기

4

오늘, 자신의 무력함에 좌절하는 사람에게
어느 오후 스쳐지나는 바람이 들려주는 이야기

5

오늘 갑자기 신이 원망스러운 사람에게
어느 오후 스쳐지나는 바람이 들려주는 이야기

6

오늘 갑자기 나란 존재가 무엇인지 혼란스러운 사람에게
어느 오후 스쳐지나는 바람이 들려주는 이야기

7

오늘, 무엇이 옳은 것인지 흔들리는 사람에게
어느 오후 스쳐지나는 바람이 들려주는 이야기

8

오늘, 세상의 불공정함으로 슬퍼하는 사람에게
어느 오후 스쳐지나는 바람이 들려주는 이야기

9

오늘, 죽음의 두려움이 밀려오는 사람에게
어느 오후 스쳐지나는 바람이 들려주는 이야기

10

오늘, 견디기 힘든 하루를 보낸 사람에게
어느 오후 스쳐지나는 바람이 들려주는 이야기

11

오늘 갑자기 내가 왜 사는지 의문이 드는 사람에게
어느 오후 스쳐지나는 바람이 들려주는 이야기

12

오늘, 새로운 나를 만들려 시도하는 사람에게
어느 오후 스쳐지나는 바람이 들려주는 이야기

13

오늘 하루 종일 편안함이 그리웠던 사람에게
어느 오후 스쳐지나는 바람이 들려주는 이야기

14

오늘, 세상에 대해 숨이 막힐듯한 답답함을 느끼는 사람에게
어느 오후 스쳐지나는 바람이 들려주는 이야기

15

오늘 아무것도 결정하지 못하고 밤을 맞은 사람에게
어느 오후 스쳐지나는 바람이 들려주는 이야기

1. 인식의 세가지 단계 2. 오인(誤認)
3. 수용적 변화와 창조적 변화 4. 반사회적 동물
5. 집단 중심적 삶의 세가지 과(過) 6. 인류 생존의 역사
7. 인식에서 행동으로 8. 비발디적 명랑함
9. 의지의 부정 10. 어리석은 현명함
11. 겸손의 문 12. 고귀한, 그리고 인간적인
13. 노예의 투쟁과 자유인의 투쟁 14. 의지의 변형과 통합
15. 자연 상태와 식물원 16. 신(神)이 사랑하는 자(者)
17. 존재(存在)의 실체(實體) 18. 참과 진리
19. 삶의 황폐함 20. 인도자를 위한 지식

16

오늘 하루 종일 다른 사람 따라 하다 지쳐버린 사람에게
어느 오후 스쳐지나는 바람이 들려주는 이야기

1. 인간의 본성 2. 실존의 본질
3. 처세술과 심리학 4. 남성적인 취향
5. 인간적인 자의 특징 6. 도덕의 파괴, 그리고 재건
7. 실존 철학과 인식 철학 8. 사유(思惟)의 세계
9. 숭고한 자를 기다리며 10. 가치의 재건 그리고 자유 정신의 회복
11. 나태함과 무지함 12. 도서관속 위인들의 허구(虛構)
13. 삶에서의 창조의 의미 14. 삶의 성찰과 창조적 의지
15. 젊음의 위장술과 무의지 16. 새로운 탄생을 위한 준비의 시간
17. 신(神)의 본성(本性) 18. 신(神)의 부활

17

오늘, 이 생각 저 생각에 잠 못 드는 사람에게
어느 오후 스쳐지나는 바람이 들려주는 이야기

18

오늘, 약자의 우울에서 벗어나 편안해지고 싶은 사람에게
어느 오후 스쳐지나는 바람이 들려주는 이야기

19

오늘, 자기 감정을 차분히 조절하고 싶은 사람에게
어느 오후 스쳐지나는 바람이 들려주는 이야기

20

오늘, 어느 젊은 날의 여름 감성을 다시 찾고 싶은 사람에게
어느 오후 스쳐지나는 바람이 들려주는 이야기

21

오늘, 세상의 불공평함으로 삶에 자신이 없는 사람에게
어느 오후 스쳐지나는 바람이 들려주는 이야기

1. 평등을 위해서는 냉철한 분노가 필요하다
2. 서로 같아지면 득실도 없어진다
3. 나 혼자 자유로운 건 오히려 슬픈 일이다
4. 서로 같음에는 그럴만한 대상이 따로 있지 않다
5. 평등을 가장하면 행복도 가장한다
6. 우월함으로 허영적인 인간은 사실 가장 노예적이다
7. 누군가에 평등을 맡기느니 신에게 목숨을 맡기겠다
8. 평등을 가르칠 수 있는 자는 신만큼 가치 있는 자이다
9. 행동하지 않는 평등은 복종하는 것이다
10. 평등은 인간이 할 수 있는 가장 신적인 일이다
11. 신이 평등이 아니라 평등에의 의지만 준 것은 의도된 것이다

22

오늘, 생각대로 자유롭게 살 수 없음을 상심하는 사람에게
어느 오후 스쳐지나는 바람이 들려주는 이야기

1. 자유는 그것을 필연으로 만드는 자에게만 허락된다.
2. 자유는 가슴 뜀을 위해 불편함과 노동을 일부러 선택하는 것이다.
3. 자유는 아무것도 해주지 않지만 의지가 가미되면 마법이 시작된다.
4. 자유의 땅에 도착하기 어려운 것은 잘못된 표지판도 한몫한다.
5. 자유의 정도는 그 선택의 숫자에 비례한다.

23

오늘, 부조리와 부당함으로 세상을 원망하는 사람에게
어느 오후 스쳐지나는 바람이 들려주는 이야기

1. 정의를 위한 첫걸음은 정의로 가장한 자들을 찾아내는 것으로 시작한다.
2. 세상 모든 남을 정의롭게 하느니 세상 모든 나만 정의로워지면 된다.
3. 자기기만을 자꾸 하면 어느 날 깨어났을 때 벌레가 되어 있을 것이다.
4. 도덕은 깨어있는 정신의 공존적 행복에의 의지이다.

24

오늘, 무언가 이루지 못해 슬퍼하는 사람에게
어느 오후 스쳐지나는 바람이 들려주는 이야기

1. 국가를 위해 개인이 희생하는 나라 중 퇴락하지 않는 나라는 없다.
2. 국가의 최대 역할은 힘의 균형을 맞추는 것이다.
3. 권력은 자신이 무섭다고 생각하지만 사람들은 우습다고 생각한다.
4. 진정한 권력은 중력과 같이 아무것도 없어도 만물을 다스린다.
5. 부자는 돈이 많다는 것, 그것뿐이다.
6. 부의 작은 특권은 악마도 천사도 될 수 있다는 것이다.
7. 명예를 위해 살면 명예롭지 않다.

25

오늘 갑자기 세상이 무엇으로 이루어져 있는지 궁금한 사람에게
어느 오후 스쳐지나는 바람이 들려주는 이야기

1. 존재의 세계
1-1. 존재의 선형 세계   1-2. [반존재]의 선형 세계   1-3. 존재와 [반존재]의 선형 세계

2. 의지의 세계
2-1. 의지의 선형 세계   2-2. [반의지]의 선형 세계   2-3. 의지와 [반의지]의 선형 세계

3. 인식의 세계
3-1. 인식의 선형 세계   3-2. [반인식]의 선형 세계   3-3. 인식과 [반인식]의 선형 세계

26

오늘 갑자기 세상 일의 원리와 근원이 궁금한 사람에게
어느 오후 스쳐지나는 바람이 들려주는 이야기

1. 수평적 평면 세계
1-1. 존재와 의지의 평면 세계   1-2. 존재와 [반의지]의 평면 세계
1-3. [반존재]와 의지의 평면 세계   1-4. [반존재]와 [반의지]의 평면 세계

2. 수직적 평면 세계
2-1. 의지와 인식의 평면 세계   2-2. 의지와 [반인식]의 평면 세계
2-3. [반의지]와 인식의 평면 세계   2-4. [반의지]와 [반인식]의 평면 세계
2-5. 존재와 인식의 평면 세계   2-6. 존재와 [반인식]의 평면 세계
2-7. [반존재]와 인식의 평면 세계   2-8. [반존재]와 [반인식]의 평면 세계

27

오늘 갑자기 내가 모르는 숨겨진 다른 세상을 알고 싶은 사람에게
어느 오후 스쳐지나는 바람이 들려주는 이야기

1. 인식 세계
1-1. 존재-의지-인식 공간 세계
1-2. [반존재]-의지-인식 공간 세계
1-3. 존재-[반의지]-인식 공간 세계
1-4. [반존재]-[반의지]-인식 공간 세계

2. [반인식] 세계
2-1. 존재-의지-[반인식] 공간 세계
2-2. [반존재]-의지-[반인식] 공간 세계
2-3. 존재-[반의지]-[반인식] 공간 세계
2-4. [반존재]-[반의지]-[반인식] 공간 세계

여덟 개의 세상

28

오늘 갑자기 자신을 매력 있게 만들고 싶은 사람에게
어느 오후 스쳐지나는 바람이 들려주는 이야기

명예 / 순수함 / 매력 / 어둠 / 배움 / 진실 / 자기 만들기 / 고귀함 / 어제 / 굳건함
숭고함 / 목표 / 행동 / 창작 / 자존 / 무심 / 기만 / 과거 / 배우 / 설득
자기 세계 / 개별 진리 / 겸허 / 학자 / 교제 / 평온함 / 탁월함 / 다름 / 유연함
자기철학 / 방향(芳香) / 숙독 / 제3의 탄생 / 확고함 / 겸손 / 자기 형상화 / 독서 / 동화 / 용기
청빈 / 가난 / 견지(堅持) / 먼 꿈 / 명랑함 / 젊음 / 공평 / 자유 / 쟁취 / 가라앉힘
냉철함 / 강함 / 수용 / 호감 / 가르침 / 고독 / 타인 행복 / 죽음 / 평온함 사람을 목적함 / 무질서적 다양함

29

오늘 갑자기 무엇을 목표로 살아야 하는지 알고 싶은 사람에게
어느 오후 스쳐지나는 바람이 들려주는 이야기

휴식 / 시간 모으기 / 오류 / 단념 / 돌아보기 / 수정 / 변화 / 단순함 / 정리 / 평온함 / 기다림 / 자유 / 또 다른 탄생 / 냉철한 분노
타인을 위함 / 감동 주기 / 존중 / 길 찾기 / 나 찾기 / 나 만들기 / 바라지 않음 / 변함없음 / 물러섬 / 자기창조 / 자유 주기 / 나눔
두려워하지 않음 / 세상을 바꿈 / 여유로움 / 현명하지 않음 / 어리석음 / 무향 / 오감 / 고개 숙임 / 깊음 / 탓하지 않음
사람을 움직임 / 나를 봄 / 옅게 화장함 / 다투지 않음 / 낮은 곳에 위치함 / 불평하지 않음 / 너그러움 / 자유를 줌 / 달을 봄 / 강함
/눈을 뜸 / 독립 / 멀리 봄 / 나를 바꿈 / 무아 / 개별 의지 / 소탈함 / 다르지 않음 / 동질감 / 멈추지 않음 / 선한 강자 / 행동
한가로움 / 독창성 / 감성 / 자기 통합 / 매일 아침을 얻음 / 따라 하지 않음 / 정진 / 공평 / 선구자 / 행복을 줌 / 기다림 / 인지
의지(意志) / 숭고함 / 감내 / 회귀 인식 / 구별 / 방향 / 평가 / 멈춤 / 순서 / 서두르지 않음 / 드러냄 / 판단 / 시인 / 자전거 / 믿음
신뢰 / 적은 욕심 / 너그러움 / 이행 / 겸허 / 기세 / 작은 깨우침 / 흘려 보냄 / 진실 / 편한 마음 / 득실 / 욕심 줄이기 / 진실
앎 / 걱정하지 않음 / 마음에 두지 않음 / 거절 / 외로움 / 받아들임 / 여행 / 연민 / 실체 / 예비 / 성숙 / 고귀함 / 자숙 / 시선
여정 변경 / 그만두기 / 편안함 / 모르기 / 알기 / 선택 / 거미줄 끊기 / 역설 이해 / 아님 / 오후 산책 / 따뜻함 / 긍정 / 지관(止觀)
비판하지 않음 / 탈바꿈 / 성공 / 같이 감 / 다름 / 동등감 / 실증 / 평범함 이해 / 단정(斷定)하지 않음 / 친구 / 기억 / 수레 타기
시작 / 젊음 / 이해 / 마음 두둑함 / 다시 시작

30

오늘 갑자기 자신의 지식을 깊은 지혜로 바꾸고 싶은 사람에게
어느 오후 스쳐지나는 바람이 들려주는 이야기

미소 / 꿈 찾기 / 가난한 부자 / 많은 것을 봄 / 자기 것을 봄 / 설렘 / 만족 / 감성 / 겸허 / 설득 / 자기를 키움 / 밝음
인간적임 / 돌진 / 표출 / 소년 / 강자 / 오래된 자기 / 잃지 않음 / 약자 / 해독 / 나를 믿게 함 / 안도감 / 납득 / 자기 노출
가식 / 자기 채우기 / 변심 / 자격 / 솔직함 / 나침반 / 감성 / 비웃음 / 탈출 / 감성 확장 / 자존감 / 자존감 버리기
인내심 / 오늘 / 작아짐 / 철퇴 / 자신다움 / 상심 / 호감 / 사람 지향 / 그릇 키우기 / 오래 달리기 / 아침 감성 / 평상심
오랜 경험 만들기 / 약간의 꾸밈 / 그리움 / 직시 / 멀리 가지 않음 / 반론 / 내일 / 존경 / 멋짐 / 감성 휴식 / 미로 탈출
자기 탈출 / 거절 / 자기 불평 / 수긍 / 비난하지 않음 / 원점 / 무심 / 본받음 / 빛을 / 친밀 / 변덕 / 만남 / 인연 / 인지
공정함 / 기분 전환 / 우울 치유 / 시련 / 역동성 / 숭고함 / 운명 / 평정심 / 실패 / 무소유 / 절망 / 결정 / 부동심 / 밝음
절망하지 않음 / 회복 / 지각 / 슬픔 / 굴욕 / 고독 / 즐거움 / 묵언 / 꿈 찾기 / 자기 지배 / 극대 / 허무함 / 가치 기준 / 분리
비상 / 수수함 / 무심 / 투시 / 창작 / 겨울 / 후회 / 신을 자기 편으로 함 / 방황 / 기다림 / 무색 / 균형 / 먼지 / 감내 / 재연
등반 / 희망 / 도피 / 관조 / 진실 / 존재 / 의연함 / 적절함 / 정결함 / 후각 / 기품 / 치유

31

오늘 갑자기 오랜 시간 후 내게 무엇이 남을지 궁금한 사람에게
어느 오후 스쳐지나는 바람이 들려주는 이야기

일상 / 침착함 / 매력 / 유혹 / 멋진 인정 / 내면 / 진화 / 거래 / 자질 / 방향(放香) / 무향 / 빛음 / 지성 / 깊음 / 보존 / 감내
주고받음 / 맞섬 / 무감각 / 냉철함 / 뺄셈 / 덧셈 / 나눗셈 / 곱셈 / 도전 / 현실 / 오늘 / 깨달음 / 부자유 / 자유 사용 / 권리
생각 / 채비 / 자격 / 아우름 / 식별 / 결의 / 외면 / 목적 / 유효기간 연장 / 근원 인식 / 경계 / 분노 / 징벌 / 불손 / 기개 / 공격
비범 / 자태 / 삼감 / 온화함 / 정결 / 실제 달라짐 / 행복을 배움 / 기억 / 합당함 / 기원(起源) / 구충 / 일임(一任) / 불신
분별 / 자리 낮추기 / 우울 치료 / 복원 / 손익 / 점등 / 담력 / 깨어남 / 평범 / 회복 / 자존감 / 공유 / 증여 / 부자
바라지 않음 / 자족 / 쌓기 / 명예 / 의욕 / 역할 / 자격 / 자기 발견 / 개별의지 / 독립 / 자립 / 인간다움 / 배신하지 않음
만족 / 인지 / 용기 / 선악 / 용서 / 굳셈 / 염치 / 사람의 행복 / 부족 수긍 / 평상심 / 구제 / 길을 찾음 / 자기 창조 / 묶음
속도 맞춤 / 비슷함 / 발견 / 동류 / 무중력 / 조색(調色) / 선함 / 결행 / 가린 것을 거둠 / 무념 / 회귀(回歸) / 문제 / 실재
온화함 / 역경 / 진화 / 벗어남 / 대상 창조 / 자각 / 수수함 / 눈사람 / 납득 / 무익 / 개별 행복 / 무난함 / 자존 / 오만 / 책
기백 / 파괴 / 평온 / 묵언 / 나 / 탈출 / 순서 / 소설 / 사소함 / 지혜 / 자유 / 손익 계산 / 우정 / 생명 무차별 / 공평 / 정체
인간적임 / 내실 / 존경 / 어른 / 후퇴 / 악마의 꿈 / 더 수월함 / 자존감 / 공평 / 권리 / 동질감 / 배우고 익힘 / 냉철함
비슷함 / 가장하지 않음 / 함께함 / 선함 / 결의 / 용서 / 필연 / 타인 지향 / 점잖지 않음 / 복종 / 경각 / 부자유
행복한 목표 / 의지 / 산책 / 저항 / 탁월함 / 지성 / 목표 수정 / 인지 / 올바름 / 독립 / 거부 / 활용 / 달관 / 성공 / 교만
부자 / 궤적 / 결정 / 행복한 죽음 / 무아 / 마중 / 기억 만들기 / 몰두 / 마음 먹기 / 준비 / 둘러맴 / 마무리 / 삶

오늘, 세상의 부정의와 부도덕에 눈물짓는 사람에게
어느 오후 스쳐지나는 바람이 들려주는 이야기

개정판 ‖ 2021년 5월 1일
지은이 ‖ 프리드리히
펴낸곳 ‖ 지성과문학
가격　　‖ 15,000원
팩스　　‖ 031-935-0520

ISBN　978-89-98392-54-3 (03810)

오늘, 세상의 부정의와 부도덕에 눈물짓는 사람에게
어느 오후 스쳐지나는 바람이 들려주는 이야기

세상의 부정의에 눈물짓는 사람을 위한 책